Marcel **GRANET**

LA VIE ET LA MORT

Croyances et doctrines de l'antiquité chinoise

L'idée centrale de la spéculation chinoise est la conception d'une stricte solidarité entre le Monde et l'Homme. Les penseurs se représentèrent les lois de l'évolution naturelle à l'aide d'une mystique des nombres : ils tentèrent aussi d'expliquer par des arrangements numériques le cours de la vie humaine. Ils firent preuve de grande habileté ; ils réussirent à retrouver par raisonnement quelques faits d'expérience : les observations d'ordre empirique se trouvèrent dès lors intégrées dans un système du Monde.

Ce système étant, par tous, conçu à peu près de même, il n'y a pas grande variété dans les exemples typiques que je vais donner de raisonnements sur la vie humaine.

Soit (pour prendre un point de départ) à justifier la règle qu'un homme doit se marier à 30 ans, une fille à 20 ans (1). — Une année est, dans le temps, un tout ; le point initial où l'on fait commencer et finir le cercle est indiqué par le caractère cyclique qui est le premier de la série duodénaire marquant les étapes du cycle : les 12 caractères de la série correspondent soit à des mois, soit à des heures doubles, soit — en vertu de la liaison constante des espaces aux temps — à des 1 /12 d'horizon. Le point initial est placé au Nord plein, au solstice d'hiver, à minuit : il est symbolisé par le caractère *tseu* qui signifie « enfant, neuf, graine, semence » ; les 11 autres caractères suivent *dans l'ordre de la succession des temps,* c'est-à-dire, pour un observateur orienté face au Sud (comme on doit l'être en Chine), *en allant vers l'Est et vers la gauche.* Parcourir le cycle *en allant vers la droite (Ouest)* serait aller à contresens, dans l'ordre inverse de la succession des temps (2). La 6ᵉ station cyclique dans l'ordre normal (en comptant, à la chinoise, termes compris) est marquée par le caractère *sseu* qui veut être la figuration d'un embryon. Le temps-origine, le point initial, le solstice d'hiver, minuit, le Nord (*tseu* « *l'enfant,* la semence ») est l'endroit où coexistent sans séparation les deux principes cosmogoniques sexués dont l'action inverse et l'influence antithétique constituent la durée : quand ils se séparent, ils s'écartent du point initial par des voies opposées ; le *yang,* principe mâle, actif, prééminent, suit la voie normale (conforme à celle du soleil) : il parcourt les étapes cycliques en marchant vers la gauche ; le *yin,* principe féminin, les parcourt en marchant vers la droite (à contresens). A partir de *tseu* « point d'origine, enfant, semence », tous deux n'arrivent à *sseu* « embryon » (6e station dans l'ordre normal) et ne s'y rencontrent qu'après avoir parcouru un nombre inégal de stations. Ils s'y rencontrent, *par exemple,* quand le principe femelle a parcouru 20 stations (termes compris), et le principe mâle 30 stations : l'union dont provient l'embryon, le mariage, *doit* donc se faire quand la femme a 20 ans, le garçon 30 ans.

De la même manière s'expliquent les nombres constitutifs du cours de la vie masculine ou féminine. L'embryon étant formé (à *sseu,* 6ᵉ station), son évolution se poursuit pendant dix mois. [« Le grand nombre du ciel a son terme à 10 (nombre total)..., le souffle du *yang* débute au 1ᵉʳ mois (solstice d'hiver, *tseu*) ; il sort sur terre, fait naître, pousser, nourrit et fait grandir (les produits de la terre) jusqu'à ce que son action arrive à plein effet : la récolte a lieu au 10ᵉ mois. L'homme, de même, naît au 10ᵉ mois (de la grossesse, termes compris) ; il s'accorde au nombre du Ciel (3). »] Pour un embryon mâle l'évolution se poursuit (dans l'ordre normal) par la gauche : la 10ᵉ station à partir de *sseu* étant *yin* (3ᵉ station), les années d'un homme ont leur principe à *yin.* L'évolution de l'embryon femelle, faite par une marche vers la droite, conduit la fille à naître à *chen* (9ᵉ station cyclique) les années d'une femme ont leur principe à *chen. Yin* et *chen,* stations cycliques orientées, correspondent à une direction, partant à un élément, partant à un nombre. « Le lieu de naissance du principe mâle est *yin* (qui correspond à) l'essence du bois (printemps : *yin* est orienté à l'Est). Le lieu de naissance du principe femelle est *chen* (qui correspond à) l'essence du métal (automne *chen* est orienté à l'Ouest) (4). » Or, si la disposition des nombres-maîtres dans le système du *Yue ling* affecte au bois-printemps les nombres 3, 8 [8 = 3 (+ 5), 5 est le nombre central, le nombre du centre et de l'élément Terre], et au métal-automne les nombres 4, 9 [9 = 4 (+ 5)] (5) — dans le système du *Ming T'ang* (6), système du carré magique orienté (7), les nombres du bois-printemps sont encore 3, 8, mais ceux du métal-automne sont 2, 7 (4, 9 sont passés au feu-été ; 1, 6 restent à l'eau-hiver) (8). En vertu de ce dernier système, la station *yin* = Est confère au garçon qui naît sous son influence le nombre-maître 8, qui commande le développement masculin ; — la station *chen* = Ouest confère à la fille le nombre-maître 7, qui commande le développement féminin.

On pouvait arriver à la même conclusion par une autre voie (9). Les deux principes antithétiques du binôme *yin-yang* évoluent chacun sous l'influence adverse de l'autre : de même, le développement masculin doit être réglé par un nombre féminin = *yin*, et inversement le développement féminin doit être réglé par un nombre masculin = *yang*. Or 8 (= printemps-Est) est le nombre du jeune *yin* (6 = hiver-Nord étant le nombre du *yin* pur ou vieux *yin*), et 7 (= automne-Ouest) est le nombre du jeune *yang* (9 = été-Sud étant le nombre du *yang* pur ou vieux *yang*). [9 et 7 sont les grands (supérieurs à 5) nombres impairs (= *yang*) ; 6 et 8, les grands nombres pairs (=

yin) (10). D'où il suit que la vie féminine doit être commandée par 7 et la vie masculine par 8. Mais aussi, les nombres-élémentaires du *yin* et du *yang* (11) étant respectivement le (premier) nombre-pair : 2 et le (premier) nombre-impair : 3, ces deux nombres doivent intervenir pour régler le cours de la vie.

Restaient à faire les vérifications d'expérience. On constatait donc :

1° Dans l'ordre physique (12) : « Pour une fille à 7 ans les humeurs des reins arrivent à la plénitude, la dentition change, la chevelure s'allonge ; à 2x7 ans, (l'influence des eaux du) Septentrion (13) (*Tien kouei*) arrive, le vaisseau *jen* entre en communication, le vaisseau *t'ai-heng* arrive à la plénitude (14), les menstrues s'écoulent à temps réglé ; (la fille peut) donc avoir des enfants ; à 3x7 ans, les humeurs des reins sont étales, les dents de sagesse (15) poussent donc et la taille est au maximum de croissance ; à 4x7 ans, les tendons et les os sont solides, la chevelure est au maximum de longueur, le corps a la plénitude de sa force (16) ; à 5x7 ans, le vaisseau *yang-ming* (17) s'affaiblit, le visage commence à se dessécher, les cheveux commencent à tomber ; à 6x7 ans, le vaisseau *san-yang* (18) s'affaiblit vers le haut, le visage se dessèche entièrement, les cheveux commencent à blanchir ; à 72 ans, le vaisseau jen est vide, le vaisseau *t'ai-heng* s'affaiblit et se rapetisse, (l'influence des eaux du) Septentrion est épuisée, la vertu de la terre n'entre plus en communication, le corps tombe donc en ruine, et (la fille) ne (peut) plus avoir d'enfants. — Pour un homme, à 8 ans, les humeurs de ses reins sont au complet, la chevelure s'allonge, la dentition change ; à 2x8 ans, les humeurs des reins arrivent à la plénitude, (l'influence des eaux du) Septentrion arrive, le sperme coule abondamment, le *yin* et le *yang* sont en harmonie ; (l'homme) peut donc avoir des enfants ; à 3x8 ans, les humeurs des reins sont étales, les tendons et les os sont forts et robustes, les dents de sagesse poussent donc et la taille est au maximum de croissance ; à 4x8 ans (19), les tendons et les os arrivent à la plénitude de leur force, les chairs sont bien fournies et solides ; à 5x8 ans, les humeurs des reins s'affaiblissent, les cheveux tombent, les dents se dessèchent (20) ; à 6x8 ans, les humeurs du *yang* (21) s'affaiblissent et s'épuisent vers le haut, le visage se dessèche, les cheveux grisonnent sur le crâne et les tempes ; à 7x8 ans, les humeurs du foie (22) s'affaiblissent, les tendons n'ont plus la force de mouvoir (le corps), (l'influence des eaux du) Septentrion s'épuise, le sperme diminue, le viscère des reins s'affaiblit, le corps tout entier est à bout ; à 8^2 ans, les dents et les cheveux tombent (23). Les reins sont les maîtres de l'eau, ils reçoivent le sperme (l'essence) des cinq viscères supérieurs et des six viscères inférieurs, et ils l'emmagasinent ; lorsque les cinq viscères sont arrivés à la plénitude, (le sperme) peut donc s'écouler ; mais, quand les cinq viscères sont tous affaiblis, les tendons et les os tombent en dissolution, (l'influence des eaux du) Septentrion est épuisée, les cheveux sur le crâne et les tempes blanchissent, le corps s'alourdit, on ne peut marcher droit, et il n'est plus (possible) d'avoir des enfants... Ceux à qui le Ciel a accordé une longévité extraordinaire, leurs vaisseaux ne cessent point d'être en communication, leurs reins conservent un excédent d'humeurs ; mais, bien que (de telles gens puissent alors) avoir des enfants, les hommes ne peuvent absolument pas passer (l'âge de) 82 (ans) et les femmes celui de 72 (ans) sans que le sperme (mot à mot : « l'essence et le souffle ») du Ciel et de la Terre ne soit entièrement épuisé. » — « Pour un garçon, à 8 mois, les dents poussent ; à 8 ans, il change de dents ; à 8x2 (16) ans, la vertu du *yang* se répand ; à 8^2 (64) ans, la vertu du *yang* s'interrompt. Pour une fille, à 7 mois, les dents poussent ; à 7 ans, elle change de dents ; à 7x2 (14) ans, la vertu du *yin* se répand ; à 7^2 (49) ans, la vertu du *yin* s'interrompt (24). »

2° *Dans l'ordre social* : « Un garçon se marie à **30** ans, une fille à **20** ans, parce que le nombre du *yang* est l'impair, celui du *yin*, le pair (25). » — « Un garçon lie son cœur à 25 ans, une fille est fiancée à 15 ans : c'est sous l'influence du *yin* et du *yang*. Le nombre du *yang* est 7, le nombre du *yin*, 8 ; un garçon (*yang* et évoluant par l'influence du *yin*) change de dentition à 8 ans ; une fille à 7 ; le nombre du *yang* est l'impair (c'est-à-dire 3) 3x8

= 24, ajoutez 1 = 25 : à 25 ans, un garçon lie son cœur. Le nombre du *yin* est le pair (2) : en doublant 7 (2x7), on obtient 14 ; ajoutez 1, cela fait 15 ; donc à 15 ans une fille est fiancée. Dans les deux cas, on ajoute 1 pour manifester qu'on lie son cœur spécialement à 1 (seule personne) : on lie son cœur pour endiguer la débauche (26). » – « Sept ans, c'est *yin* ; 8 ans, c'est *yang* — 8+7 = 15 : les nombres du *yin* et du *yang* sont au complet : il y a désir d'union (on fiance la fille) (27). » — « Le *yang* (garçon), quand il est jeune, se parfait par le *yin* ; grand, il se parfait par le *yang* à 20 ans (pair), (un garçon devient) majeur, à 30 (3 dizaines) ans (impair), il se marie. Le *yin*, quand il est jeune, se parfait par le *yang* ; grand, il se parfait par le *yin* : une fille, à 15 (impair) ans, est majeure ; à 20 ans (pair), elle se marie (28). » — A 7 ans, on sépare les filles des garçons (29) ; à 7 ans (2e dentition), une fille peut concevoir miraculeusement : elle met son enfant au monde à 15 ans (30). — Avant 50 ans (= 7x7 : le changement d'âge ne se faisant que tous les dix ans [période complète (31)]), une femme doit coucher régulièrement avec son mari ; à 70 ans (= 8x8), un mari peut serrer ses objets personnels aux mêmes endroits que sa femme (32) ; il est alors spécifiquement vieux (33), prend sa retraite (34), se prépare à la mort (35), et ne peut plus se marier (sauf au cas où il a besoin d'une auxiliaire pour le culte des Ancêtres (36)) ».

On le voit : faits physiques, dentition, puberté, ménopause, etc., faits sociaux : majorité, fiançailles, mariage, retraite, etc., toute la vie humaine était réglée de façon à montrer que l'homme participait à l'harmonie du Monde révélée par les jeux numériques de ses principes constitutifs, le *yin* et le *yang*. Le travail scientifique arrivait à donner une valeur de lois naturelles à des données de l'expérience commune ou de la pratique sociale, en les intégrant dans un système ordonné de concepts. Les facilités d'explication fournies par le symbolisme arithmétique, qui était le langage scientifique de l'époque, rendaient sans doute ce travail assez aisé ; mais, si puéril qu'il puisse paraître, il ne s'est point fait à vide : il a au moins le mérite d'avoir noté et conservé des faits.

C'est un fait, important pour nous à connaître, que le rapport établi par les anciens Chinois entre le temps de la vie active et la durée de la puissance génératrice. A 7 ans (37), commence la séparation des sexes ; à 70 ans, elle se termine ; à 70 ans, le vieillard est libéré des dures observances du deuil (38) ; jusqu'à 7 ans, un enfant, s'il meurt, est pleuré, mais on ne porte point de deuil pour lui (39). A 70 ans, le vieillard prend sa retraite et se prépare à la mort (40) (à 7 mois, le fœtus est formé et se prépare à naître) ; à 7 ans, le garçon se prépare à entrer dans la vie commune des écoles (41). Avant 7 ans, après 70 ans — de même que dans la mort (42) — il n'y a point de différenciation sexuelle.

La vie active — la vie, car, jusqu'à 7 ans, on ne fait qu'y entrer et, après 70 ans, qu'en sortir (43) — s'étend des premières aux dernières manifestations de la puissance génératrice.

Où est la source de cette puissance génératrice ? D'où vient la vie ?

La fécondité, d'après le *Houang-ti nei king*, est déterminée par l'arrivée du *kouei* céleste qui est considéré comme une émanation du principe céleste, correspondant à l'orient Nord qui est eau. « Le caractère *kouei* représente graphiquement, dit le *Chono wen*, l'image des eaux qui, de quatre directions, coulent et entrent dans l'intérieur de la terre. » Phonétiquement, le mot évoque l'idée de mensuration : « en hiver, les eaux (glacées) et la terre étant planes, on peut faire des mesures ». *Kouei* est un caractère cyclique, le dernier du cycle dénaire ; il est habituellement associé au caractère précédent *jen*, qui, d'après le même texte, figure un embryon et équivaut phonétiquement au mot « gestation » (44). *Jen*, dit-on encore, est la station du Nord, point où le *yin* est à l'apogée et où naît le *yang*. *Jen* et *kouei* associés correspondent à tout l'hiver et au quadrant Nord ; dans une rose à 24 vents (45) (correspondant à une division d'une année de 360 jours en 24 demi-mois de 15 jours), le caractère *tseu* « enfant, semence » (46) (qui appartient au cycle duodénaire) est orienté au plein Nord, encadré à l'Ouest par *jen*, à l'Est par *kouei*. Tout le

Nord est eau : *kouei* semble spécialement désigner une eau souterraine située un peu à l'Est du plein Nord.

Dans les terres classiques de la Chine du Nord, l'hiver est une saison sèche : il ne pleut point ; les sources tarissent ou faiblissent ; l'eau disparaît sous la glace (47) : et pourtant l'hiver est la saison consacrée à l'eau (48). Quand, avec les dernières pluies de l'automne, ont cessé les derniers travaux des champs, les hommes vont se calfeutrer dans leurs maisons, mais non point sans avoir, dans la grande fête des récoltes, donné, pour la morte-saison, congé aux choses fatiguées d'avoir servi (49) : ils inaugurent la saison sèche dans une invocation solennelle en invitant « l'eau à se retirer dans ses conduits ». Ils l'enferment ainsi dans son refuge habituel (50), comme ils s'enferment eux-mêmes dans le village natal, et, tant qu'elle séjourne en ce lieu de repos, ils pensent qu'elle rénove ses vertus particulières. L'hiver est une saison de vie retirée où les choses, retournées à leurs demeures originelles, se préparent à un effort nouveau, et surtout l'eau qui, rajeunie, devra, au printemps, fertiliser les champs. L'hiver, saison sèche, est consacré à l'eau parce qu'il est le temps où elle fait retraite et reconstitue ses énergies latentes.

Les images ébauchées, les sentiments conçus dans les anciennes fêtes agraires et saisonnières, où éclatait la solidarité de l'homme et de la nature, sont devenus les éléments des spéculations d'une pensée savante qui veut constituer un système du Monde. Pour cette pensée, l'hiver est le temps de retraite du principe actif, du *yang :* c'est l'époque d'une occlusion universelle où les émanations du Ciel étant remontées dans les hauteurs, celles de la Terre étant descendues dans les profondeurs, le Ciel et la Terre ne communiquent plus (51) : saison morte où le *yin,* principe obscur de vie repliée et latente, enveloppe tout et le *yang* lui-même. « Quand l'activité du *yin* est à son apogée (solstice d'hiver), vers le Nord, elle atteint au pôle boréal ; vers le Bas, elle atteint aux sources jaunes : aussi ne creuse-t-on plus la terre et ne fore-t-on plus de puits ; toutes choses restent enfermées et cachées ; les animaux hibernants mettent leurs têtes dans leurs trous (52). » Le *yang,* sous l'enveloppement du principe d'inertie, reconstitue ses forces, et, quand l'influence de celui-ci est précisément au point extrême, le *yang s'émeut* (53), et toutes choses *s'émeuvent* et bourgeonnent ; « l'activité du *yang* est alors toute ramassée au fond des sources jaunes » ; « elle (s'élance comme en) frappant du talon les sources jaunes et elle en sort (54) ». Aussitôt « les sources d'eau *s'émeuvent* » (55) elles aussi, et, tout de suite encore, « la pie commence à nicher, le faisan quête, la poule couve » (56). On est aux temps que marquent *tseu* (multiplication), *jen* (gestation), et aussi *kouei,* orient des eaux du Nord, emblème des eaux qui, de quatre côtés, entrent dans la terre (57).

Lorsque, jouant avec des notions générales toutes concrètes encore et bien proches des sentiments et des images éveillés chez les paysans chinois au rythme des saisons et de la vie agricole, les penseurs voulurent expliquer le rythme constitutif de la durée, ils imaginèrent que le principe actif du Monde, avant de déployer à nouveau son énergie renouvelée, devait la restaurer par un temps de retraite : le lieu où le *yang*, enveloppé de *yin*, se reposait et reprenait force, ils le placèrent dans les profondeurs — le *yin*, c'est l'obscur et le couvert, — que remplissait l'eau — le *yin* est eau, — vers le Septentrion — le *yin* est Nord.

Mais, ces profondeurs de l'eau septentrionale, d'où ils voyaient jaillir le renouveau (58), s'ils leur firent place dans leur système du Monde, ils n'en inventèrent — pas plus que de leurs principes cosmogoniques, — ni l'existence ni les attributs : ce furent des croyances traditionnelles qu'ils utilisèrent. Les paysans qui invoquaient l'eau dans la fête des Pa-tcha savaient bien dans quelles régions ils l'invitaient à se retirer. Si les savants appellent ce domaine du *yin*, dans les profondeurs du Nord, où est l'eau, les sources jaunes, le nom n'est point d'eux : les sources jaunes, ce sont, dans la pensée populaire, le pays des morts et, pour cette même pensée, c'est au pays des morts que se trouvent les sources de la vie.

Un comte de Tcheng (722 av. J.-C.) n'était point aimé de sa mère ; elle complota contre lui avec son fils préféré ; le comte finit par se fâcher, exila la douairière et jura : « Avant d'être arrivé aux sources jaunes, je n'aurai plus d'entrevue avec elle ! » Comme, plus tard, il se repentait de son impiété et voulait revoir sa mère, avant la mort, sans violer sa foi, un bon vassal lui affirma que, s'il creusait la terre jusqu'aux sources, faisait un tunnel et, là, rencontrait la princesse, nul n'y trouverait à redire (59). Ainsi, ces sources jaunes, où les savants logeaient le *yang* pendant la morte-saison pour qu'il s'y préparât à renaître, cette contrée de l'eau d'où émanait, croyait-on, le *T'ien-kouei* « la puissance génératrice », ces sources que l'imagination populaire ne plaçait point si loin que ne fit la pensée théorique, point si loin qu'on ne pût, sans trop violer un serment, leur substituer un tunnel creusé de main d'homme, elles étaient le lieu souterrain où s'en vont les morts telles étaient au moins les croyances, au VIIIe siècle avant notre ère, dans le pays de *Tcheng*.

Tcheng, petit pays coupé de collines, est, de tous les pays de l'ancienne Chine, celui où les traditions populaires se sont le mieux conservées (60) : si nous trouvons dans ses annales la mention des sources jaunes où hantent les morts, nous savons, d'autre part, qu'en un lieu consacré de la région, les jeunes garçons et les jeunes filles, au moment du dégel, quand s'éveillent les sources, venaient, à l'aide des premières fleurs poussées dans les coins humides, rappeler les âmes sur les eaux. Les jeunes gens échangeaient, comme des bouquets d'accordailles, mais aussi comme des gages de fécondité (61), ces fleurs dont le parfum amenait à eux des âmes — fleurs écloses dans le lieu saint aux premiers jours du renouveau. Quand les savants nous racontent que le *yang*, après une retraite aux pays souterrains du Nord, renaît pour féconder toutes choses et éveille les sources avec la vie, ne devons-nous pas, à cet écho des croyances anciennes, entendre la pensée de jadis : savoir qu'aux temps propices des fêtes du printemps et des fiançailles, des âmes, au terme de leur séjour au pays des morts, s'échappaient des sources jaunes, flottant sur les eaux des fontaines sacrées, prêtes à s'incarner pour une vie nouvelle (62) ?

Si le *yang* des philosophes est logé, par eux, pendant sa retraite annuelle, dans un refuge analogue à celui que l'imagination commune prêtait aux âmes attendant une réincarnation, les principales caractéristiques des sources jaunes doivent pouvoir s'expliquer par les pratiques relatives aux morts.

Les sources jaunes sont dans les pays du Nord. Or, la mort détermine un renversement de toutes les valeurs qui implique un changement d'orientation : pendant la période de l'enterrement provisoire, le mort est couché la tête au Sud, comme un vivant ; mais, quand on l'enterre définitivement, on le place la tête au Nord, du côté de l'ombre où il s'en va (63) : c'est en se tournant vers le Nord que, le souffle expiré, on a rappelé le *Houen* enfui, pour bien constater que la dissolution de la personnalité est définitive (64). Aux temps classiques (65), le mort est enterré au Nord des villes : là, sont les cimetières où l'on réunit les corps des ancêtres. Ainsi, quand il quitte le monde des vivants, dominé par une orientation nouvelle, le mort s'en va du côté du Septentrion.

En même temps son corps fait retour à la terre : « Que la chair et les os retournent à nouveau à la terre ! », criait-on au moment du deuxième enterrement (66), quand on se décidait à mettre le corps dans une fosse *profonde* (67). Le corps, qu'on scelle alors dans la terre et qu'on enclôt définitivement dans cette demeure en faisant trois fois le tour de la tombe, doit être enseveli aussi bas que possible, mais sans atteindre pourtant aux *sources d'eau* (68). Atteindre à ces sources est un idéal que se permet seul un orgueil démesuré : *Ts'in Che-houang-ti,* quand il fit construire le tombeau colossal où il fut enterré (en 209 av. J.-C.), le fit creuser par d'innombrables ouvriers jusqu'aux *troisièmes sources* (69). Mais, s'il y a trop de superbe à procéder ainsi, s'il est sacrilège d'ouvrir trop profondément la terre (70) et de vouloir introduire tout droit le corps du défunt au pays des morts, c'est bien jusqu'aux *sources profondes* que l'on veut faire pénétrer les libations offertes dans les cérémonies du culte ancestral (71).

Orientés vers le Septentrion, enterrés profondément, nourris de libations filtrant à travers la terre, rassemblés dans des cimetières au Nord des villes, les morts devaient habiter en des souterrains remplis d'eau qu'avec un respect croissant et une vue plus large du monde l'on recula jusqu'au pôle. L'habitude des vivants de tourner le dos aux pays des ombres (l'orientation normale face au Sud) fit naître l'idée que le Sud était en haut et le Nord en bas (72) : les régions boréales furent imaginées sous l'aspect d'un vaste souterrain par où les eaux, convergeant des quatre directions, pénétraient à l'intérieur de la terre (73). Là fut placé le pays des morts et, plus tard, la demeure du *yin* et le lieu de retraite du *yang,* enveloppé par le principe adverse et prêt à renaître ; de là émana la puissance génératrice qui donne et constitue la vie, le *Tien-kouei* (74), que l'on imagina participant de l'essence de l'eau. Puisqu'un sujet doit se tourner vers le Nord (75), le Septentrion était prédisposé à devenir le siège des puissances qui commandent le respect et la crainte : s'il y a apparence qu'au VIIIe siècle avant J.-C. les gens de *Tcheng* ne plaçaient point au dehors des limites de leur pays les sources jaunes où habitent un temps les âmes, vers la même époque, à la cour royale, régnait l'idée que résident au Nord ceux à qui l'on doit s'adresser pour donner force à une imprécation. « Je (76) prendrai ces calomniateurs, je les jetterai aux loups et aux tigres (77) ! Si tigres ni loups ne les dévorent, je les jetterai aux Maîtres du Nord (78). Si les Maîtres du Nord ne les prennent point, je les jetterai aux Maîtres des (régions) Augustes (79) (du Ciel) (80) ! »

Avant l'essor que prirent, dans les cours royales, les cultes astronomiques, avant que les aïeux héroïques, réunis à la cour céleste du Souverain d'En-Haut, n'en revinssent, comme envoyés du Ciel, pour assurer les réincarnations (81), les morts séjournaient sous terre, aux sources jaunes, non loin des fontaines sacrées du pays natal où l'on allait, au renouveau, recueillir les âmes. Pays des morts et réservoir de vie, telles apparaissent, dans les croyances anciennes, ces sources mystérieuses dont on ne parlait guère, — avant que ne leur eussent fait place, dans leur système du Monde, les penseurs qui, à l'aide du jeu des nombres et des entités cosmogoniques, s'appliquèrent à démontrer l'unité de l'univers et le rythme de la durée, primitivement sentis sous des symboles plus concrets.

N O T E S

(1) J'analyse ici deux textes dont voici la traduction :

1° (*Chouo wen*, v°)

> « = embryon : *sseu,* figure dans (l'enveloppe) l'enfant dont le corps n'est point entièrement formé. Le souffle originel a son point de départ (au caractère cyclique) *tseu* (enfant) [voir la figure] ; le mâle, par une marche vers la gauche, au bout de 30 (stations), la femelle, par une marche vers la droite, au bout de 20 (stations), se trouvent ensemble à (la station marquée par le 6ᵉ caractère cyclique) *sseu* (qui figure l'embryon). Ils sont mari et femme ; la grossesse se fait à *sseu* ; *sseu* est l'enfant ; il naît à 10 mois ; un garçon, à partir de *sseu* (par une marche vers la gauche), arrive (au bout de 10 stations) à (la station marquée par le caractère cyclique) *yin* (la 3ᵉ) ; une fille, à partir de *sseu* (par une marche vers la droite), arrive à chen (9ᵉ caractère cyclique). C'est pourquoi les années d'un garçon ont leur origine à *yin,* celles d'une fille à *chen.* »

2° (*Kao Yeou,* glose au chap. 23 de *Houai-nan tseu*)

> « Pourquoi (un homme) se marie-t-il à 30 ans ? Quand le *yin* et le *yang* ne sont point séparés, ils naissent ensemble à (la station marquée — Nord-plein — par le caractère cyclique) tseu (enfant). Le mâle, à partir du nombre tseu, par une marche vers la gauche, au bout de 30 ans (= 30 stations cycliques) est à (la station) sseu (embryon) ; la femelle, à partir du nombre *tseu,* par une marche vers la droite, au bout de 20 ans (= 20 stations) est à *sseu*

(embryon). Ils s'unissent comme mari et femme. C'est pourquoi les Saints, en raison de cela, ont fixé les rites et fait prendre femme à 30 ans et mari à 20 ans. S'ils ont un garçon, (celui-ci), à partir du nombre *sseu* (embryon), par une marche vers la gauche, au bout de 10 (mois de gestation = 10 stations cycliques) trouve *yin* (3e station) : c'est pourquoi le nombre (-maître de la vie) d'un garçon a son origine à *yin*. Une fille, à partir du nombre *sseu* (embryon), par une marche vers la droite, au bout de 10 (stations), trouve *chen* : c'est pourquoi le nombre (-maître de la vie) d'une fille a son origine à *chen*. La planète de l'année (Jupiter) en 12 ans fait sa révolution ; la voie du ciel en 12 (stations) est complètement (parcourue) ; c'est pourquoi un seigneur, à 12 ans est majeur et prend femme : à 15 ans, il engendre un fils. »

Noter que pour Kao Yeou, les stations cycliques ont valeur de nombres.

(2) Les 12 caractères cycliques marquent aussi les 12 stations de la révolution de Jupiter (cf. Chavannes, SMT, t. III, p. 655). La marche de Jupiter (son mouvement apparent se faisant à l'inverse de celui du soleil) se fait vers la droite : or, Jupiter est dit le *yang de l'année*. Le *yin de l'année* (corps céleste fictif antithétique à Jupiter) poursuit sa marche vers la gauche (dans le sens de la succession des caractères cycliques). On notera que, tout au contraire, dans les textes précédemment analysés, la marche dans le sens normal (vers la gauche) caractérise le mâle (*yang*) et la marche inverse la femelle (*yin*). De fait, la gauche est le côté mâle, la droite le côté féminin; (la marche vers la gauche est celle du soleil, essence du *yang*). La gauche était, en effet, considérée comme le côté noble chez les gens du peuple, « *qui prenaient pour règle l'ordre céleste* » (voir Granet, Polygynie sororale, p. 28 ; la droite était préférée par les gens distingués, qui *prenaient pour règle*

l'ordre terrestre. On devine, à travers les variations des théories, d'importantes transformations sociales.

(3) Texte du *Tch'ouen ts'ieou fan lou,* chap. 43 — 10 est un nombre complet : le changement d'âge se fait tous les 10 ans; une période de dix ans forme un tout, une période complète où doivent se traduire les effets des actes qui y ont été accomplis : par exemple, le châtiment des crimes. Voir Granet, *Fêtes et chansons anciennes,* p. 195 .

(4) Texte du *Chen sien tchouan.*

(5) Yue ling, *Li ki,* Couvreur, t. I, p. et suiv., et p. (tableau).

(6) Le Ta tai, *Li ki* affecte un nombre à chacune des 9 salles carrées composant le bâtiment carré où doit se faire la promulgation des règlements mensuels (Yue ling) ; ces nombres sont énumérés dans l'ordre 2, 9, 4, 7, 5, 3, 6, 1, 8, ce qui implique une disposition en carré magique orienté, le *Sud* étant (à la chinoise) placé en haut. Legge (*Yi king, Sacred books of the East,* t. XVI, p. 18) a montré que le *Lo chou* (l'un des diagrammes sur lequel prétend s'appuyer une des dispositions des 8 trigrammes divinatoires) correspondait à un carré magique : il admettait qu'il s'agissait là d'un jeu arithmétique d'invention récente. Le texte du Ta tai, *Li ki* montre :

1. que cet arrangement remonte au moins à l'époque de la rédaction des rituels ;

2. qu'il correspondait à d'importantes pratiques religieuses (calendrier) ;

3. qu'il existait au moins deux systèmes d'orientation des nombres (celui du *Yue ling,* celui du *Ming t'ang*).

— Je crois qu'il ne serait pas impossible de montrer que ces deux systèmes sont en rapport :

1. avec les deux arrangements des trigrammes ;

2. avec deux systèmes de division de l'année,

- l'un rattachant l'automne à l'hiver (9 + 6 = 15), le printemps à l'été (8 + 7 = 15) : c'est la disposition dite de *Fou Hi* (Les 4 trigrammes *yang* sont disposés du N.-E. au S. ; les 4 *yin*, du S.-W. au N.),

- l'autre groupant l'été avec l'automne (trigrammes *yin* du S.-E à l'W. — nombres forts impairs 9, 7 et faibles pairs 4, 2), et l'hiver avec le printemps (trigrammes *yang* du N : W. à l'E. — nombres forts pairs 6, 8, faibles impairs 1, 3), — c'est la disposition dite du roi Wen (voir dans Legge, *1. c.*, la disposition des trigrammes).

(7) J'ai signalé par un trait renforcé (voir figure), dans le schéma du carré magique, les couples de nombres, l'un faible l'autre fort (le faible inférieur à 5, le fort = au faible + 5, et nécessairement l'un pair et l'autre impair), qui correspondent à un orient.

(8) On notera que, dans le *Yue ling*, comme dans le *Ming t'ang*, l'hiver-Nord et le printemps-Est gardent les mêmes valeurs numériques : l'automne-Ouest et l'été-Sud échangeant seuls leurs valeurs.

(9) *Han che wai tchouan*, chap. 1 : « Le *yin* évolue par l'effet du *yang*, le *yang* par l'effet du *yin* ; c'est pourquoi, pour un garçon, à 8 mois, la dentition pousse ; à 8 ans, elle change ; à 16 ans, les humeurs sexuelles commencent à s'écouler ; pour une fille, à 7 mois, la dentition pousse ; à 7 ans, elle change ; à 14 ans, les humeurs sexuelles commencent à s'écouler. » Comp. Ta tai, *Li ki*, chap. 80.

(10) Voir Legge, *op. cit.*, p. 365 et 423 (note).

(11) *Ibid.*, p. 422.

(12) Texte du *Houang-ti nei king*, chap. 1.

(13) L'expression que je rends par : (*l'influence des eaux du*) *Septentrion* est faite du caractère *Ciel* suivi du caractère cyclique *kouei* : elle désigne l'orient Eau du Nord, considéré comme une émanation du principe céleste.

(14) Le vaisseau *Jen* préside à (la formation de) l'embryon ; le vaisseau *T'ai heng* est le réservoir (mot à mot « mer ») du sang.

(15) Ces dents sont désignées par une expression analogue à la nôtre.

(16) 4 x 7 ans est à mi-chemin entre 2 x 7 et 7 x 7, points extrêmes de l'influence du *Tien kouei*.

(17) Le vaisseau *Yang-ming* exerce son influence sur le visage. Il commence au nez.

(18) Le vaisseau *San-yang* se termine à la tête. Les femmes, au cours de la vie, ont excès de souffle et insuffisance de sang, à cause des pertes mensuelles .

(19) 4 x 8 : mi-temps entre 2 x 8 et 8 x 8.

(20) Les reins président aux os : les dents sont des excédents (excroissances ?) d'os.

(21) Produits du vaisseau *Yang-ming*.

(22) Les humeurs du foie nourrissent les muscles ; celles des reins, les os.

(23) Les humeurs du *yang* sont épuisées.

(24) Commentaire de Tchang Cheou-tsie à Sseu-ma Ts'ien. Cf. trad. Chavannes, t. V, p. 287, n. 2.

(25) *Po hou t'ong*, « Mariage ».

(26) *Ibid.*

(27) *Ibid.*

(28) *Ibid.*

(29) Voir Nei tsö, *Li ki,* Couvreur, t. I, p. 673 .

(30) Histoire de la naissance de la reine Pao Sseu, Sseu-ma Ts'ien, Chavannes, t. I, p. 282-283.

(31) K'iu li, *Li ki,* Couvreur, t. I, p. 9 .

(32) Nei tsö, *Ibid.*, p. 661 .

(33) K'iu li, *Ibid.*, p. 9 [cf. note 31] : à 70 ans, on est « vieux ». Il y a aussi un nom pour l'enfant de 70 jours (Sseu-ma Ts'ien, Chavannes, t. I, p. 26), 7 décades mènent au 3ᵉ mois.

(34) Nei tsö, *Ibid.*, p. 651 , et K'iu li, *Ibid.*, p. 9 [cf. note 31].

(35) Nei tsö, *Ibid.*, p 649 .

(36) Tseng tseu wen, *Ibid.*, p. 418.

(37) A 7 ans, bien que, en théorie, ce dût être, pour les garçons, à 8 ans ; mais la théorie profitant, au reste, de l'observation que les garçons sont en retard sur les filles) n'a pas voulu enregistrer le fait à la lettre. La deuxième dentition (première manifestation de la sexualité [voir plus haut, p. 211, n. 5]) s'écrit à l'aide d'un caractère composé du signe « dents » et du signe « 7 ». Le caractère imaginé pour la dentition de 8 ans, particulière aux mâles, est, au contraire, un caractère artificiel. Il y a, du reste, un nom commun aux enfants de moins de 7 ans (K'iu li, *Li ki,* Couvreur, t. I, p. 9 [cf. note 31]). — L'âge de 7 ans est le début d'une période de trois ans, qui finit à 10 ans, et qui est un stage préparatoire à la sortie du gynécée, comparable, d'une part, au stage précédant la mort, qui va de 70 à 100 ans [10^2 terme théorique de la vie, qui s'écoule en 10 périodes de dix ans (cf.

K'iu li, *1. c.*) : 10 et 100 correspondant à des durées totales, décomposables en deux périodes inégales de coefficients 7 et 3 — ainsi, un jeûne dure dix jours, sept jours pour le jeûne du début, trois jours pour le jeûne terminal, qui est plus dur : cf. *Li ki, Ibid.*, t. I, p. 560, — 3 étant le coefficient des durées totales spécialement affectées à des stages, stages divers du deuil, de la naissance, du mariage. Si la période de coefficient 10 se termine par une période de coefficient 3, c'est aussi une période de coefficient 3 qui l'ouvre 10 = 7 + 3 ou 3 + 7, le période médiane (4) étant rattachée (4 + 3 = 7) *soit* à la période liminaire (3), *soit* à la période terminale (3) : 10 = (3 + 4) + 3 et 3 + (4 + 3). Ainsi, les dates critiques de la vie masculine, 30 et 70, divisent cette vie en 3 périodes : stage d'entrée dans la société des vivants (3), stage de sortie (3) — le terme théorique de la vie étant 10^2, — période médiane (4). De même pour l'enfance (dix premières années) et la gestation (10 mois)], *comparable, d'autre part, au stage de l'embryon avant la naissance, qui s'étend du 7e au 10e mois* [période de retraite de l'accouchée et *d'éducation* du fœtus (cf. . Nei tsö, *Ibid.*, p. 662 : Couvreur écrit par erreur « au dernier mois », il faut lire « au 7e mois » ; cf. Ta tai, *Li ki*, chap. 48]. — La merveille est qu'après avoir substitué 8 ans à 7 ans, la théorie ait pu retrouver le nombre 70 : elle y est arrivée en égalant 8^2 à 70 en raison du principe qu'une période de dix ans formant un tout, le changement qui doit se produire à 64 ans ne se produit qu'à 70, au changement de catégorie d'âge (de même la ménopause qui doit se produire à 7^2 ans ne fait effet qu'à 50 ans).

(38) Nei tsö, *Ibid.*, p. 651 . [cf. note 34]

(39) *Yi li*, Deuil, Steele, t. II, p. 27.

(40) Nei tsö, *Ibid.*, p. 649 . [cf. note 35]

(41) *Ibid.*, p. 673 . [cf. note 29]

(42) Un mari et sa femme, durant la vie conjugale, ont chacun leur natte pour dormir ou manger (*Yi li*, Mariage, Steele, t. I, p. 24-26). Morts, on leur fait des offrandes communes et pour eux deux on ne dispose qu'un seul escabeau. . Tsi t'ong, *Li ki*, Couvreur, t. II, p. 334 . Comparer Granet, *Chansons anciennes*, XLIII, p. 77 : « Vivants, nos chambres sont distinctes ; morts, commun sera le tombeau », et *Coutumes matrimoniales, T'oung pao*, t. XIII, p. 546 et *supra*, p. 86.

(43) Un vieillard et un enfant de moins de 7 ans ne tombent pas sous le coup des lois pénales (K'iu li, *Ibid.*, p. 9 [cf. note 31]). Tous deux ont droit à une alimentation particulière (aliments sucrés, tendres, succulents) [cf. Nei tsö, *Ibid.*, p. 627 , 655 et suiv.].

(44) *Jen* est aussi rapproché de [] qui a le sens général de « porter », mais à qui l'on donne d'ordinaire, dans ce cas, la valeur de [] « porter un enfant, gestation ».

(45) Telle qu'elle est décrite au chapitre « T'ien wen » de *Houai nan tseu* [tous les caractères du cycle duodénaire sont utilisés — 4 d'entre eux marquant les directions cardinales — ; les 4 directions d'angle (N.-E., S : E., S.-W., N : W.) sont caractérisées par des noms spéciaux ; les 8 autres orients sont marqués par 8 caractères du cycle dénaire : (les deux caractères restants formant un groupe réservé au centre — et aux jours non compris dans les 360 qui forment la période centrale de l'année placée après le dernier mois de l'été : cf. Yue ling, *Li ki*, Couvreur, t. I, p. 371 .) Ces 8 caractères, groupés par 2, encadrent, dans cette disposition, les 4 directions cardinales. Ces groupes de 2, dans le système du *Yue ling*, correspondent chacun à un quart d'orient et à une saison pleine — et à une planète : *jen-kouei* = Mercure, planète de l'eau et du Nord. Cf. Sseu-ma Ts'ien, t. III, p. 379].

(46) Sseu-ma Ts'ien, chapitre des « Tuyaux sonores » (Chavannes, t. III, p. 305), explique phonétiquement *Tseu* par « se multiplier », *kouei* par « mesurer », *jen* par « porter ». M. Chavannes considère ces explications comme de simples jeux de mots : jeux de mots, si l'on veut, mais qui correspondent à des associations d'idées traditionnelles ; on va voir que ce n'est point un simple effet de l'imagination systématique si le Nord-hiver est le lieu d'origine des puissances vivifiantes.

(47) La sécheresse de l'hiver est bien notée dans les dictons agricoles recueillis dans le *Yue ling* (*Li ki*, Couvreur, t. I, p. 330-410) et dont la plupart servirent d'emblèmes aux 24 demi-mois (cf. *Fêtes anciennes*, p. 53 et suiv.) : « (après l'équinoxe d'automne, 8ᵉ mois), l'eau commence à disparaître des chemins *Yue ling, l. c.*, p. 382) ... (9ᵉ mois), la gelée blanche commence à se former *Ibid.*, p. 386) ... (10ᵉ mois, le premier de l'hiver), l'eau commence à se glacer, la terre commence à se geler, le faisan plonge dans la grande rivière (la *Houai*) et se transforme en huître — l'arc-en-ciel se cache et ne paraît plus (*ibid.*, p. 391) ... (11ᵉ mois : solstice), la glace devient plus épaisse (*ibid.*, p. 398) ... *les sources d'eaux s'émeuvent, Ibid.*, p. 403) ... (1ᵉʳ mois), le vent d'Est amène le dégel (*ibid.*, p. 332) ... (2ᵉ mois : équinoxe), la pluie commence à tomber (*ibid.*, p 340).

(48) Au 11ᵉ mois (solstice), on sacrifie « aux quatre mers, aux grands fleuves, aux sources célèbres, aux gouffres, aux étangs, aux puits, aux sources (Yue ling, *ibid.*, p 401) Sseu-ma Ts'ien signale des sacrifices faits à l'occasion du gel et du dégel (Chavannes, t. III, p. 440-447). Cf. *Pin fong*, t. I, *Che king*, Couvreur, p. 165.

(49) J'ai montré (*Fêtes et chansons anciennes*, p. 184 et suiv.) que la fête de la fin de l'année agricole, *Pa-tcha*, est aussi une fête inaugurale de la morte-saison : en constituant l'hiver les paysans de la Chine ancienne

invitaient toutes les choses de leur monde à prendre, comme eux, leurs quartiers et leurs habitudes d'hiver.

(50) Ils renvoient aussi dans leurs repaires. la terre, les insectes, les plantes, les arbres (*ibid.*, p. 185).

(51) Voir *Ibid.*, p. 186 , et *Yue ling, l. c.*, p. 336 et 393 (formule officielle correspondant à l'invocation des *Pa-tcha*).

(52) *Houai nan tseu,* chapitre « T'ien wen » » ... (Au solstice d'été), quand l'activité du *yang* est à son apogée, vers le Sud elle atteint au pôle austral, vers le Haut au ciel rouge (ciel du Sud ou Sud-Ouest), aussi n'aplanit-on point de tertre et ne monte-t-on point sur les toits (voir, en sens contraire, *Yue ling, loc. cit.,* p. 364) ; toutes choses se multiplient ; les cinq céréales poussent en abondance. On notera que le ciel rouge opposé aux sources jaunes est dit être en haut et celles-ci en bas. *Houai nan tseu* oppose ailleurs, comme le Bas au Haut, les *troisièmes* sources au *neuvième* ciel (chap. 2) et la terre *jaune* au *neuvième* ciel (chap. 6) ; la glose dit que la terre jaune est au-dessous des sources jaunes.

(53) Le tube qui correspond au 11ᵉ mois (solstice d'hiver) est dit *Houang-tchong Houang = jaune* .. *Tchong* veut dire « réunir », mais évoque aussi, phonétiquement, l'idée de « être ému, remuer » (simple différence de clé dans l'écriture). Le tube sonore *Houang-tchong* est ainsi nommé parce qu'il correspond au temps où l'activité du *yang, réunie* dans les profondeurs des sources *jaunes, s'émeut.* Toutes choses alors *s émeuvent* et bourgeonnent. (*Po hou t'ong* : chapitre des cinq éléments). Cf. glose à *Houai nan tseu, loc. cit.* — Cf. *Ki tchoung Tcheou chou,* chap. 51 : « Le *yang s'émeut* dans les sources jaunes. . Voir encore Sseu-ma Ts'ien, t. III, p. 400.

(54) Sseu-ma Ts'ien, Chavannes, t. III, p. 304.

(55) *Yue ling, loc. cit.,* p. 403.

(56) *Ibid.,* p. 405.

(57) TCHENG K'ANG-TCH'ENG, *Yue ling,* glose à *jen Kouei* (1er mois d'hiver) : « (Ces termes désignent le temps de) claustration des choses..., le moment où la gestation de toutes choses se fait dans les profondeurs. »

(58) Voir *Po hou t'ong,* chapitre des cinq éléments : . La place de l'eau est au Nord .... l'activité du *yin,* étant dans les profondeurs des sources jaunes, porte et nourrit toutes choses. » Cf. HAN WOU-TI NEI TCHOUAN : « L'essence sacrée de l'eau est dans les sources du *yin* polaire... »

(59) *Tsouo tchouan. Hi* 1e Legge, p. 6 (Cf. Sseu-ma Ts'ien, Chavannes, t. IV, p. 454). Le commentaire se borne à dire : « Ces sources sont jaunes parce qu'elles sont à l'intérieur de la terre » (l'élément terre est jaune : loess ?). L'absence presque totale de gloses montre que la notion de sources jaunes était d'usage commun : mais, si l'on rencontre assez fréquemment mention de ces sources à titre de logement des principes cosmogoniques, il n'en est, pour ainsi dire, pas parlé dans les textes classiques (pas du tout dans les rituels . Cela tient à ce que l'on a appelé le positivisme de la pensée chinoise. Si la formule célèbre de Confucius : « Toi qui ne sais rien de la vie, que (peux-tu) savoir de la mort ? » n'a point la valeur absolue qu'on lui prête — c'est un fait que le philosophe évitait de parler des choses de l'autre monde ; il pensait que l'homme doit se tenir à distance des *chen* et des *kouei,* et blâmait les gens de l'époque des *Yin* qui s'étaient montrés trop familiers avec eux. Un sage ne doit pas plus parler des choses divines qu'il ne doit montrer du doigt les lieux où sont les dieux.

(60) Voir *Fêtes et chansons anciennes,* p. 156, 160 , 200-202.

(61) Cf. *Ibid.,* p. 104-108, 155-157 et 200-202. Sseu-ma Ts'ien (Chavannes, t. III, p. 400) indique la liaison entre le réveil des sources et l'apparition des *orchidées* (au solstice d'hiver).

(62)   Voir, pour des croyances tibétaines analogues, *Grenard* dans DUTREUIL DE RHINS, *Mission scientifique en Haute-Asie,* Partie II, p. 401-403. (Cf. *Fêtes et chansons anciennes,* p. 281.) Comparer les pratiques modernes qui consistent à recueillir les *kouei* (esprits) en faisant flotter sur les rivières des lumières piquées dans des écorces de fruits d'eau ou des fleurs de lotus. Ces fêtes ont de nos jours une couleur bouddhique (voir, par exemple, Wieger, *Morale et usages,* p 385 ; De Groot, *Fêtes annuellement célébrées à Emouy,* t. II, p. 421, 443, note 2.) — Il y a sans doute un rapport entre les pratiques de réincarnation des âmes sur les eaux à l'aide de plantes d'eau, et les pratiques du culte des ancêtres (où les femmes sont spécialement chargées d'offrandes végétales, tirées de plantes aquatiques) — tout spécialement, les pratiques de l'offrande faite, trois mois après les noces, par l'épousée arrivée au terme de la retraite nuptiale. Cf. Granet, *Coutumes matrimoniales* ; et *Fêtes et chansons anciennes,* LIV, LIX et LXVII B. — On trouvera un ensemble de preuves de l'existence dans la vieille Chine de la croyance à la réincarnation et à un cycle de morts et de renaissances dans un article que publiera la *Revue archéologique* (1921) sur« *Le dépôt de l'enfant sur le sol* ».

(63) Cf. T'an kong, *Li ki,* Couvreur, t. I, p. 203 , gloses de TCHENG et de KONG YING-TA.

(64)   *Ibid.,* p 201 . La philosophie admet que l'homme a deux âmes, le *Houen* et le *P'o,* dont la séparation produit la mort. Le *Houen,* l'âme-souffle, part la première.

(65) Il y a quelques traces de l'usage d'un enterrement définitif dans l'enclos domestique. Voir « Le dépôt de l'enfant sur le sol ».

(66) Cf. Tan kong, *Ibid.*, p. 246 : enterrement définitif : moment où s'opère définitivement la dissolution de la personnalité et où l'on distrait le *Houen* à tout jamais du corps.

(67) Cf. *Ibid.*

(68) Cf. *Ibid.* Témoignage de modération rituelle.

(69) Cf. Sseu-ma Ts'ien, Chavannes, t. II, p. 194. Cf. t. III, p. 715. M. Chavannes a d'abord traduit : « jusqu'à l'eau », puis rectifié par « très profondément ». Il faut comprendre plus littéralement, comme le montre la comparaison : 1° avec la citation du *T'an kong* faite précédemment, 2° avec le texte de HOUAI-NAN TSEU cité p. 215, n. 2, qui identifie les *troisièmes* sources aux sources jaunes. Trois (nombre total) indique que ces sources sont au plus bas de l'univers ; de même (voir même note), le neuvième (3^2) ciel est au plus haut de l'univers. L'expression « *neuvièmes* sources », comme celle de « sources jaunes » s'emploie littérairement pour désigner la tombe.

(70) C'est un présage funeste, un miracle néfaste que la terre s'entr'ouvre jusqu'aux sources (cf. Sseu-ma Ts'ien, *Ibid.*, t. V, p. 273, note 2). (Il ne faut pas que les demeures du ciel et de la terre restent ouvertes en hiver : cf. Yue ling, *Li ki*, Couvreur, t. I, p. 399) (En hiver, saison de l'eau, il est défendu non seulement de creuser profondément, mais même d'entamer le moindre forage. Cf. plus haut, p. 215 , le texte de la note 2.)

(71) Voir Kiao t'ö cheng, *Li ki*, Couvreur, t. I, p 612 . Cf. Tsi yi, *Ibid.*, t. II, p. 291 : les libations s'adressent au *P'o*, âme du corps ; le parfum des offrandes brûlées est pour le *Houen*.

(72) Voir le texte de *Houai* nan *tseu*, p. 215, note 2. Les Chinois, dans une disposition graphique des orients, placent le Sud en haut, le Nord en bas.

(73) Cf. l'explication graphique de *Kouei*.

(74) Dans la langue moderne, *Tien kouei* a encore le sens de « menstrues ».

(75) Le maître, face au Sud, est au *Nord* du vassal.

(76) Le texte (*Che king*, « Siao ya », Couvreur, p. 258) est rapporté à un eunuque vivant aux temps du roi *Yeou* des *Tcheou* (782-771 av. J.-C.).

(77) Les tigres sont des animaux du Nord : « Les tigres commencent à s'accoupler » est un terme calendérique du 11ᵉ mois (solstice d'hiver). Cf. Yue ling, *Li ki*, Couvreur, t. I, p. 398 . Le loup commence à tuer à la fin de l'automne, *Ibid.*, p. 385 .

(78) Glose de *K'ong ying ta* : Le Nord est la région du *Grand yin.* L'expression [] indique la possession, le pouvoir ; suivie d'un nom de pays, elle sert à désigner le maître du lieu.

(79) [] désigne les puissances célestes : le Ciel n'est point nommé, mais indiqué par une de ses épithètes les plus courantes.

(80) Ce texte rapproche de façon remarquable les puissances du Nord des puissances du Ciel, qui apparaissent comme plus lointaines encore et logées dans la même direction Nord. Le siège du Souverain d'En-haut est, en effet, le pôle céleste du Nord (la Grande-Ourse) : là aussi est un pays des morts, tout au moins des morts glorieux que célèbre un culte princier. Mais ceci est un autre problème.

(81) Voir le récit d'une réincarnation, *au pays de Tcheng,* faite selon des procédés antiques (don d'une orchidée), mais opérée par un aïeul qui apparaît sous l'aspect d'un envoyé du Ciel, à la page des *Fêtes et chansons*. L'anecdote est datée de l'année 649 av. J.-C. — Sur association d'idées : solstice d'hiver, réveil des sources, apparition des orchidées, voir Sseu-ma Ts'ien, Chavannes, t. III, p. 400.